Uncle Chente's Picnic
El picnic de Tío Chente

By/Por Diane Gonzales Bertrand

Illustrations by/Ilustraciones por
Pauline Rodriguez Howard

Spanish translation by/ Traducción al español por
Julia Mercedes Castilla

PIÑATA BOOKS
ARTE PÚBLICO PRESS
HOUSTON, TEXAS

Publication of *Uncle Chente's Picnic* is made possible through support from the El Paso Corporation, the Lila Wallace—Readers Digest Fund, the Andrew W. Mellon Foundation, and the City of Houston through The Cultural Arts Council of Houston, Harris County also contributed to this project. We are grateful for their support.

Esta edición de *El picnic de Tío Chente* ha sido subvencionada por El Paso Corporation, la Fundación Lila Wallace—Readers Digest, la Fundación Andrew W. Mellon y el Concilio de Artes Culturales de Houston, Condado de Harris también contribuyeron a este proyecto. Les agradecemos su apoyo.

Piñata Books are full of surprises!

Piñata Books
An Imprint of Arte Público Press
University of Houston
452 Cullen Performance Hall
Houston, Texas 77204-2004

Cover design by Giovanni Mora

Bertrand, Diane Gonzales.
    Uncle Chente's picnic / by Diane Gonzales Bertrand; illustrations by Pauline Rodriguez Howard; Spanish translation by Julia Mercedes Castilla = El picnic de Tío Chente / por Diane Gonzales Bertrand; ilustraciones por Pauline Rodriguez Howard; traducción al español por Julia Mercedes Castilla.
        p.   cm.
    Summary: A big rainstorm and a power failure during a Fourth of July picnic in honor of Uncle Chente cause a change in plans, resulting in a very special family gathering.
    ISBN 1-55885-337-5
    [1. Picnicking—Fiction.   2. Forth of July—Fiction.   3. Uncles—Fiction.   4. Mexican Americans—Fiction.   5. Spanish language materials—Bilingual.]
I. Title: Picnic de Tío Chente.   II. Howard, Pauline Rodriguez, ill.   III. Castilla, Julia Mercedes.   IV. Title.
PZ73.B447   2001
[E]—dc21   2001021489
                                                                                          CIP

3 4 5 6 7 8 9 0 1 2   10 9 8 7 6 5 4 3 2

To my big brother, Gilbert, who inspired the story,
and for Mike, Chris, Joe, Frank & Vincent.
I love all of you very much.
—DGB

To my parents, John and Marie
—PRH

Para Gilberto, mi hermano mayor,
quien fue la inspiración de este cuento
y para Mike, Chris, Joe, Frank y Vincent.
A todos los quiero muchísimo.
—DGB

Para mis padres, John y Marie
—PRH

When Uncle Chente started driving a big truck, he promised to visit his family who lived in Texas. One day a postcard came in the mail:
I will come to see you on July 4. Love, Uncle Chente

Cuando Tío Chente empezó a manejar un inmenso camión, prometió visitar a la familia que vivía en Texas. Un día llegó por correo una tarjeta postal:
Iré a verlos el cuatro de julio. Cariños, Tío Chente

The Cárdenas family wanted to have a very special picnic for Uncle Chente's visit.

"Under the trees in the back yard, it will be very shady," Papá said. "I can cook hamburgers on the barbecue grill."

"I'll ask my sister, Linda, to bake a chocolate cake," Mamá said. "And I can make *frijoles* and potato salad."

Dalia, who was thirteen, loved to make things pretty. "I can decorate the picnic table and the trees with July Fourth colors."

"After supper, we can all watch the July Fourth fireworks on TV, live from the Statue of Liberty," said Jaime, her brother.

La familia Cárdenas quería hacer un picnic muy especial para la visita de Tío Chente.

—Bajo los árboles del patio habrá mucha sombra —dijo Papá. —Puedo cocinar las hamburguesas en la parrilla.

—Le pediré a mi hermana Linda que prepare un pastel de chocolate —dijo Mamá. —Y yo puedo hacer frijoles y ensalada de papas.

A Dalia, quien tenía trece años, le encantaba adornar las cosas. —Yo puedo decorar la mesa del patio y los árboles con los colores del Cuatro de julio.

—Después de la cena, todos podemos ver los fuegos artificiales del Cuatro de julio por la tele en vivo desde la Estatua de la Libertad —dijo su hermano Jaime.

The morning of Uncle Chente's visit was sunny and hot. Papá cleaned out the barbecue pit. Jaime mowed the back yard. Dalia set the picnic table with red plates and sunflowers. Mamá cooked *frijoles,* mixed the potato salad, and made fat hamburger patties for the grill.

About four o'clock, other family arrived.

Dalia's cousins, Ana and Tina, helped her to decorate the trees with red, white, and blue streamers. "I can't wait for Uncle Chente to see this," Dalia said.

Uncle Ernesto stood by the barbecue pit talking to Papá. "I always know when it's going to rain because my shoulder hurts."

"It's not going to rain," Papá said, lighting a fire under the grill. "Just some clouds covering the sun. Gives us more shade, that's all."

La mañana de la visita de Tío Chente estaba calurosa y soleada. Papá limpió la parrilla. Jaime cortó el césped del patio. Dalia puso la mesa del patio y le colocó platos rojos y girasoles.

Mamá cocinó frijoles, mezcló la ensalada de papas e hizo gruesas hamburguesas para la parrilla.

Cerca de las cuatro llegaron otros familiares.

Las primas de Dalia, Ana y Tina, le ayudaron a decorar los árboles con tiras rojas, blancas y azules. —No puedo esperar hasta que Tío Chente vea esto —dijo Dalia.

Tío Ernesto estaba parado junto a la parrilla conversando con Papá. —Siempre sé cuando va a llover porque me duele el hombro.

—No va a llover —dijo Papá, prendiendo el fuego debajo de la parrilla. —Son sólo unas nubes cubriendo el sol. Nos dan un poco más de sombra, eso es todo.

"It's so hot and sticky. Wouldn't some rain be good for Dalia's garden?" Aunt Linda asked Mamá in the kitchen.

"Rain?" Mamá looked out the window long enough for Jaime to steal a taste of the chocolate frosting from Aunt Linda's cake.

—Está haciendo un calor pegajoso. ¿No sería bueno para el jardín de Dalia que lloviera un poco? —Tía Linda le preguntó a Mamá en la cocina.

—¿Llover? —Mamá se asomó a la ventana lo suficiente para que, a escondidas, Jaime probara el dulce de chocolate que cubría el pastel de Tía Linda.

Uncle Chente arrived in his truck just as the rain started.

"Just a summer sprinkle," Mamá said. She hugged her uncle on the front porch. "It's been hot for weeks. I'm glad you brought us a little rain."

It wasn't just a little rain. It rained and drizzled, drizzled and rained. Papá and Ernesto rolled the barbecue pit up to the garage so Papá could finish cooking.

Tío Chente llegó en su camión justo cuando empezó a llover.

—Es sólo una llovizna de verano —dijo Mamá y abrazó a su tío en el pórtico. —Ha estado haciendo calor por semanas. Me alegro que nos hayas traído un poco de lluvia.

Sólo que no fue un poco de lluvia. Llovió y lloviznó, lloviznó y llovió. Papá y Ernesto arrastraron la parrilla al garaje para que Papá pudiera terminar de cocinar.

Uncle Chente sat in the kitchen for a while. "The first time I was in Texas, it rained. As a boy, I came with Tío Pepe to sell his goats. But first Tío Pepe took me to get my first haircut in a barber shop. I didn't want the rain to mess up my hair, so I used a newspaper like an umbrella. When I helped unload the goats, they kept trying to eat the newspaper. Every time I slipped in the mud, a goat would take a bite. The last one ate some of my hair as it ate up the paper. Jaime, do you think that's why I have a bald spot?"

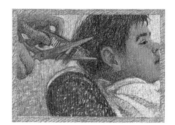

Tío Chente se sentó en la cocina un rato. —La primera vez que estuve en Texas llovió. Cuando niño, vine con Tío Pepe a vender sus cabras. Pero primero Tío Pepe me llevó a la peluquería para que me hicieran mi primer corte de pelo. Yo no quería que la lluvia estropeara mi cabello y usé un periódico como paraguas. Mientras ayudaba a descargar las cabras, éstas trataban de comerse el periódico. Cada vez que me resbalaba en el lodo una cabra mordía un pedazo. La última se comió parte de mi pelo mientras se comía el periódico. Jaime, ¿crees que es por eso que tengo una calva?

After telling his story, Uncle Chente went outside.

Inside, the house shook from a loud rumble of thunder.

Papá came in with the cooked hamburger patties. Ernesto and Uncle Chente walked in dripping wet behind him.

"It's a bad storm now. We'll have to eat inside," Papá said.

"My streamers look like strings," Dalia said, looking out the back window. "All the plates have blown off the table."

"We'll use the good dishes instead," Mamá said.

"Whoever had such pretty dishes at a picnic?" Uncle Chente smiled.

Después de contar su historia Tío Chente salió.

Adentro la casa temblaba con el rugir de los truenos.

Papá entró con las hamburguesas ya cocinadas. Detrás de él entraron Ernesto y Tío Chente empapados.

—Ya es una tormenta. Tendremos que comer adentro —dijo Papá.

—Mis tiras parecen hebras —dijo Dalia, mirando por la ventana. —Todos los platos se volaron de la mesa.

—En su lugar usaremos la vajilla especial —dijo Mamá.

—¿Quién usa platos tan bonitos en un picnic? —Tío Chente se sonrió.

Uncle Chente took the special place of honor at the head of the table.

Papá and Jaime put the hamburger patties between the buns. Dalia carried in a bowl of potato salad and Mamá brought in a pot of *frijoles*. Ana and Tina carried in trays of corn-on-the-cob, pickles, and *jalapeño* peppers. Ernesto and Aunt Linda made sure everyone had a glass of iced tea.

Finally they all sat down at the table.

Then the lights went out.

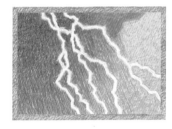

Tío Chente ocupó el lugar de honor en la cabecera de la mesa.

Papá y Jaime pusieron las hamburgesas en los panes. Dalia llevó una fuente con ensalada de papas y Mamá trajo una olla de frijoles. Ana y Tina llevaron bandejas con mazorcas, pepinillos y jalapeños. Ernesto y Tía Linda se aseguraron que todos tuvieran un vaso de té helado.

Finalmente todos se sentaron a la mesa.

Luego se fue la luz.

"This food smells so good, I could find it in the dark." Uncle Chente laughed and everyone laughed too.

Mamá passed Uncle Chente the potato salad as everyone heard a loud *pop*.

"What was that?" Papá asked.

"It sounded like a big balloon," Jaime said.

Everyone ran outside. The rain had stopped. A cool breeze blew through the air.

Many neighbors also stood on their front porches asking, "What was that noise?"

"Look!" Jaime said, pointing toward the wires that brought electricity into the houses. The transformer on the pole had a thin stream of fire coming from it.

"I think lightning hit the electric pole," Uncle Chente said.

—Esta comida huele tan sabroso que la podría encontrar en la oscuridad. —Tío Chente se rio y los demás también se rieron.

Cuando Mamá le pasaba la ensalada de papas a Tío Chente oyeron un estallido.

—¿Qué fue eso? —preguntó Papá.

—Sonó como que se reventó un globo —dijo Jaime.

Todos corrieron afuera. Había parado de llover. Soplaba una brisa fresca.

Muchos vecinos también estaban parados en sus pórticos preguntaron, "¿Qué fue ese ruido?"

—¡Miren! —dijo Jaime, señalando los cables que llevaban la electricidad a las casas. Salían llamas del transformador en el poste.

—Creo que un rayo le pegó al poste de la luz —dijo Tío Chente.

Soon a red firetruck came rolling down the street. A green truck marked *Electric Company* drove up behind it.

"No one will have electricity for a few hours," the workers told Papá.

"Now we can't see the fireworks on TV," Jaime complained.

"The house will be hot without air-conditioning," Aunt Linda said. "What will we do?"

"We can eat right here," Uncle Chente said, stretching his arm across the front porch. "It's cool and dry."

Then he helped carry some chairs and the food outside.

De pronto apareció en la calle un camión rojo de bomberos. Un camión verde con un letrero *Compañía Eléctrica* venía detrás.

—Nadie tendrá electricidad por unas horas —le dijeron los trabajadores a Papá.

—Ahora no podremos ver los fuegos artificiales en la tele —se quejó Jaime.

—La casa se calentará sin aire acondicionado —dijo Tía Linda. —¿Qué haremos?

—Podemos comer aquí —Tío Chente extendió los brazos sobre la galería. —Está fresco y seco.

Entonces ayudó a sacar algunas sillas y la comida.

The family ate hamburgers as they heard more noises, pops, and crackles.

From the electrical pole came a shower of colored lights. White, green, and gold sparks fluttered down to the ground, making the firemen and electrical workers run back to their trucks.

"Look, Uncle Chente," Jaime pointed. "It's better than fireworks on TV."

As Aunt Linda served chocolate cake and melting ice cream, the rain clouds disappeared. A colorful rainbow took their place. Soon a large orange sun lowered into the western sky.

"Dalia, you can't ask for better picnic decorations than that," Uncle Chente said. He winked at her.

La familia comió hamburguesas mientras oía ruidos, estallidos y crujidos.

Del poste de la luz salió una lluvia de luces de colores. Chispas blancas, verdes y doradas revoloteaban sobre el suelo, haciendo que los bomberos y electricistas corrieran a sus camiones.

—Mire, Tío Chente —Jaime le mostró. —Son mejores que los fuegos artificiales en la tele.

Mientras Tía Linda servía pastel de chocolate y helado derretido, las nubes desaparecieron. Un arco iris de muchos colores las reemplazó. Pronto un sol inmenso y anaranjado se ocultó en el occidente.

—Dalia, no puedes pedir una mejor decoración para el picnic —dijo Tío Chente y le guiñó un ojo.

As it got darker, Dalia tried to light candles, but the cool wind blew them out.

Uncle Chente began another story. "When I was a boy in Mexico, it was very dark at night. But our *abuelita,* your great-grandmother, always kept candles burning in front of her picture of La Virgen de Guadalupe."

Uncle Chente lowered his voice and everyone leaned closer. "Well, one night I woke up and I had to go to the bathroom. And I was scared to go in the dark. So I sneaked into Abuelita's room and took one of her candles so I could see my way. There I was in the bathroom, doing my business, when Abuelita called out in a loud voice, 'Who stole one of La Virgen's candles?' I got so scared, I ran out of the bathroom. I even left the holy candle burning on the toilet."

Al oscurecerse Dalia trató de encender velas, pero la brisa fresca las apagaba.

Tío Chente empezó otra historia. —Cuando yo era niño en México, se oscurecía mucho por la noche. Pero nuestra abuelita, tu bisabuela, siempre mantenía velas encendidas frente a la figura de Nuestra Señora de Guadalupe.

Tío Chente bajó el tono de voz y todos se acercaron a él. —Bueno, una noche me desperté porque tenía que ir al baño. Tenía miedo de ir en la oscuridad. Entonces entré a hurtadillas a la recámara de Abuelita y tomé una de las velas para ver el camino. Estaba yo en el baño, ocupado en lo mío, cuando Abuelita dijo en voz alta, "¿Quién le robó la vela a la Virgen?" Me asusté tanto que salí corriendo del baño y dejé la vela bendita encima del inodoro.

Everyone was excited when Uncle Chente brought his big flashlight from the truck. He showed Jaime and his sister and cousins how to make shadow animals on the wall. Ernesto brought out his guitar, and Uncle Chente taught everyone to sing his favorite song, *Los pajaritos del verano,* "The Birds of Summer."

He danced with Aunt Linda. He showed the children how to whistle like birds.

The breeze, Uncle Chente's stories, and the music helped time pass quickly. No one even cared when the house lights came back on.

By then, Uncle Chente had to leave.

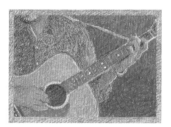

Todos estaban emocionados cuando Tío Chente trajo su linterna grande del camión. Le mostró a Jaime, a su hermana y a sus primas cómo hacer sombras de animales en la pared. Ernesto sacó su guitarra y Tío Chente les enseñó a todos a cantar *Los pajaritos del verano,* su canción favorita.

Bailó con Tía Linda y le mostró a los niños cómo silbar como los pájaros.

La brisa, las historias de Tío Chente y la música ayudaron a que el tiempo pasara rápidamente. Ni siquiera se fijaron cuándo volvió la luz.

Para entonces, Tío Chente tenía que partir.

"I'll always remember this picnic," Uncle Chente said. "It was very special."

"Please come back soon. Bring a little rain with you, too," Mamá said as she hugged him.

Uncle Chente climbed into his big truck. He drove away just as the streetlights flickered and then started to glow in the cool July night.

—Siempre recordaré este picnic —dijo Tío Chente. —Fue muy especial.

—Vuelve pronto por favor. También trae un poco de lluvia contigo —le dijo Mamá al abrazarlo.

Tío Chente se subió a su enorme camión. Se fue justo cuando las luces de la calle titilaban y empezaban a brillar en la noche fresca de julio.

Diane Gonzales Bertrand wrote this story after her big brother came to visit the family. A summer rainstorm changed their picnic plans, but didn't stop the fun. Her other picture books include *Sip, Slurp, Soup, Soup / Caldo, caldo, caldo* (with artist Alex Pardo DeLange), *Family / Familia* (with artist Pauline Rodriguez Howard) and *The Last Doll* (with artist Anthony Accardo). She has also written the novels, *Trino's Choice, Trino's Time, Sweet Fifteen, Alicia's Treasure* and *Lessons of the Game*. Diane lives with her husband and two children in San Antonio, Texas, where she teaches writing at St. Mary's University.

Diane Gonzales Bertrand escribió este cuento después de la visita de su hermano mayor. Una tormenta de verano les cambió los planes, pero no arruinó la diversión. Entre sus otros libros se incluyen, *Sip, Slurp, Soup, Soup / Caldo, caldo, caldo* (con la artista Alex Pardo DeLange), *Family / Familia* (con la artista Pauline Rodriguez Howard) y *The Last Doll / La última muñeca* (con el artista Anthony Accardo). También ha escrito las novelas *Trino's Choice, Trino's Time, Sweet Fifteen, Alicia's Treasure* y *Lessons of the Game*. Diane vive con su esposo y sus dos hijos en San Antonio, Texas, donde dicta cursos de escritura en la Universsdidad St. Mary's.

Pauline Rodriguez Howard has a BFA in Art from the University of Houston and attended the Glassell School of Art. She is a member of the Central Texas Pastel Society and has work in several art galleries and collections. This is her fifth book for Piñata Books. Her first was *Family, Familia*, written by Diane Gonzales Bertrand. Her hobbies are hand-painting furniture, stage design, and gardening. She has two daughters and lives in San Antonio with her husband.

Pauline Rodriguez Howard se recibió de la Universidad de Houston con un título en Arte. Asistió a Glassell School of Art y forma parte del Central Texas Pastel Society. Sus obras se han expuesto en distintas galerías y figuran en varias colecciones de arte. Éste es el quinto libro que ilustra para Piñata Books. Su primer libro es *Family, Familia* de Diane Gonzales Bertrand. Sus pasatiempos consisten en la pintura de muebles, la escenografía y la jardinería. Tiene dos hijas y vive en San Antonio con su esposo.